감은 눈이 내 얼굴을

감은 눈이 내 얼굴을

안태운 시집

민음의 시 228

민음사

뒷모습과
뒤를 돌아보는 모습
사이에서
걷고 있었다

2016년 겨울
안태운

차 례

2부

1부

얼굴의 물

그는 안에 있고 안이 좋고 그러나 안으로 빛이 들면 안개가 새 나간다는 심상이 생겨나고 그러니 밖으로 나가자 비는 내리고

비는 믿음이 가고 모든 맥락을 끊고 있어서 좋다고 그는 되뇌고 있다 그러면서 걸어가므로

젖은 얼굴이 보이고 젖은 눈이 보이고 비가 오면 사람들은 눈부터 젖어 든다고 그는 말하게 되고 그러자 그건 아무 말도 아닌 것 같아서 계속 드나들게 된다

얼굴의 물 안으로

얼굴의 물 밖으로

비는 계속 내리고 물은 차오르고 얼굴은 씻겨 나가 이제 보이지 않고

탕으로

　고인 물은 멈추지 않고 있다. 잎이 떨어지고 벌레가 드나드는 탕으로 물이 모여 있다. 자정하고 있다. 숲 속의 탕 주위로 새가 날고 새의 언어는 구전되어 떠돌고 있다. 너희는 가고 있었다. 탕으로 연결된 길을 따라서. 그러나 이미 다다랐다고 너희 중 한 명이 말하고 너는 너희의 얼굴만 바라보고 있었다. 손가락으로 가리킨다. 탕이 생성되어 있다. 너희는 입수한다. 탕 안으로 물을 휘저으면서 서로를 응시한다. 일속이 되어서, 원으로 휘도는 물의 파형이 역으로 너희의 몸을 맴돌고 있다. 탕을 점유하고 있었다. 물은 멈추지 않고 있었고 탕은 그런 물을 보존하고 있었다. 그러자 시간은 흘러가고 있었다. 흐르는 동시에 무언가 흘러든다. 모여들고 있다. 탕 주위로 수런거리고 있다. 돌을 던지면서. 무어라 알아들을 수 없는 언어로 소리 내면서. 그만 나오라는 듯이 그러나 가만히 머물러 있으라는 듯이 손가락으로 너희를 가리킨다. 돌은 차차 탕을 메우고 있었다. 너희는 껴안고 있었다, 꿈쩍도 할 수 없어서. 모든 물은 넘쳐흐르고 옷자락은 몸을 휘감고 형태는 마모되어 갔다. 주위로 소리를 내

면서 지나고 있는 것들이 있었다. 물의 자취가 날아가
고 있다.

파도가 있는 방

　그는 배회한다. 여러 곳을 둘러보고 이제 돌아산
다. 유적지를 거닐면서 그날의 일과를 생각한다. 사진
을 찍는 사람들이 보인다. 유적지에서 그들은 무언가
차례를 기다리는 것처럼 보인다. 보이고 있다. 그는 지
나친다. 사람들은 사진을 찍는다. 그는 지나친다. 해
안에서는 파도가 밀려들고 있었다. 한 사람이 해안
을 배경으로 사진을 찍는다. 아이를 찍고 있다. 마침
그는 지나가고 있었다. 플래시가 터진다. 그는 자신이
그 사진의 어느 구석엔가 처박혀 있을 것이라고 생각
한다. 그 사람에게 말을 건다. 말을 하고 있다, 말을.
사진을 보여 주시지 않겠습니까. 그것에 제가 있는 것
같습니다. 제게 보내 주시지 않겠습니까. 그는 달라고
하고 있다, 그것을. 회수한다. 걷는다. 걸을 것이다. 이
로써 예닐곱 장의 사진을 모은 듯하다. 그러자 하루
가 다 이르렀다는 느낌이 든다. 바람이 멎는다. 숨을
참아 본다. 바람이 다시 분다. 바람은 너무 쉽게 분다
고 그는 생각한다. 그의 시야는 순간 확장된다. 기분
이 묘한 채로 그는 걷는다. 방으로 돌아가야겠다. 빈
방에서 모든 것들이 자신을 기다리고 있다는 느낌이

들었다. 그러자 지극히 혼자라는 감정이 치민다. 그는
방으로 돌아간다. 돌아가고 있을 것이다. 돌아갑니까.
빙에 있을 때 비가 오면 무언가 새고 있다는 기분이
듭니다. 그는 인화된 여러 장의 사진을 바라본다. 본
다. 방 안에서 보고 있었다. 회수된 신체가 드러난다.
부분만 남아 있기도 하다. 그는 사진들 속에 있는 자
신의 부분을 오려 낸다. 창밖으로 파도가 움직인다.
취약해 보인다. 본다. 오려 낸 것들을 창틀에 장난감
병정처럼 세워 놓는다. 기대어 있다. 그리고 본다, 흰
뒤를. 그는 하얀 뒤를 보고 있었다. 그러나 흘러넘치
고 있었다.

낳고

바라는 사람들 곁에서 네가 낳기로 하고 낳게 될 때까지 기다리고

나는 사람들 곁에 없었다 그림자를 사이에 두고서 그러나 낳을 수 있는 환경이 아니라며

낳기를 바라지 않는 사람도 있고 너는 낳기를 주저하고 있다

낳고 나면 동요가 필요하다고 동요를 할 수 있는 사람도 필요하리

얼굴을 들어 토로하지만 사람들은 노을을 바라보고 있다

노을은 스미고 노을은 서서히 변천하고 그러나 너도 그 광경을 바라보고 있는가

그런가 하면 사람들은 이내 그것을 그치고 너를 돌아보고 있다 수를 세면서

너는 낳기로 하고 그러므로 여덟을 낳고 낳은 후 누워서 바라고 있다 너는 내 얼굴을 찾고 있나 그러나 찾지 못했지 나는 사람들이 되어 울고 있었지

원경

　너는 일하는구나. 구한 일은 여기 있고 사람이므로 너는 사람처럼 하네. 몸을 나르는 몸이 되어 너는 재촉히고 있지. 네 뒤로 들어선 사물들 속에서 그러나 헤매고 있다. 어디에 놔두어야 할지 모르는 몸이 되어서 너는 서성이고 그러자 너는 거울 밖으로 옮겨 나가고 있다. 파편으로 부서져 내려서. 부서져 나간 자리에 내 몸을 이어 붙인다.

모습의 흐름

드러나고 있다. 나는 드러납니다. 전망을 바라보면서 그러나 전망 안에서 걸어 본다. 물기가 스민다. 텅 빈 해변을 바라보면서, 이 해변에 맺힌 것들을 지나칩니다. 하지만 좁아지는 곳으로 들어선다는 기분만이 완연해졌고 나는 벗어나려 하고 있었다. 걸어가면서 그러자 덕장을 지나게 된다. 덕장 주위로 모든 게 널려 있다. 다가가 본다. 이전에 다 만져 본 것들이었고 그러나 여기서는 더욱 마르고 있는 것처럼 느껴진다. 기물이 산재해 있었다. 그 주위로 벌레가 더디게 움직인다. 한 사람은 벤치에 앉아 내 모습을 응시하고 있었다. 얼굴에서 땀이 계속 흐르고 있습니다. 그는 내게 말을 하고 있었다. 여기서 쉬었다 가시지 않겠습니까. 그는 벤치에서 일어나고 있다. 악수를 하고 나서 나는 앉는다. 그는 말없이 서 있었다. 그러나 떠나갑니까. 내가 가려 한 방향으로. 그는 물과 함께 멀어지고 있었다. 벗어나고 있었다. 그러자 이제 나는 더 이상 보이지 않는다. 그는 해송이 밀집한 지역으로 들어선다. 그것들은 흔들린다. 더 흔들리고 있다. 그 사이에서 실물이 생겨난다. 그늘이 보이고 있다. 그는 그와 어울리는 그늘을 찾고 있다. 그리고 하나를 골랐다. 눕고 있다. 어떤 것들은 쉽게 변질된다. 어떤 것들은 드러나지 않고 있다. 어떤 순간은 서서히 침윤되어 갑니다. 그늘은 두터워지고 있다. 그의 손을 움켜쥔다.

토우

그들은 크고 오래된 토우를 바라보고 있다. 그리고 그 뒤로 더 많은 사람들은 그들을 번갈아 본다. 보고 있다. 그것은 한때의 일처럼 느껴지기도 한다. 먼지가 일고 있고 그 둘은 서로 주장한다. 토우를 자신이 빚었다고. 그것은 자신의 것이라고 피력하면서 그들은 서 있다. 말하고 있다. 토우에 얽힌 일화에 대하여. 그럴 때 그는 물에 대하여 말한다. 들은 적 없는 지명을 언급한다. 그곳에서 어떻게 물이 살 수 있었는지. 그것을 발견하게 된 계기와 물의 빛깔에 대해서. 그 물로 어떻게 반죽을 했는지. 그리고 그가 섞어 넣었던 체액에 대해서 이야기한다. 또 다른 그는 새에 대하여 말하고 있었다. 그가 애지중지 기르던 희귀한 새에 대하여. 그것이 어떻게 날아왔는지. 새의 특이한 습성에 대해서. 그리고 얼마나 아꼈는지. 결국엔 불태울 수밖에 없었던 이유를 그는 설명하고 그는 흐느낀다. 그는 불타는 새의 연기를 토우에 먹였다고 한다. 그는 잠시 홀렸었다고 한다. 연기가 차가웠다고. 새가 내지르던 소리를 환청으로 듣는다고 한다. 그는 한다. 한다. 그들은 서로 하고 있었다. 한때를 겨냥하고 있었다. 사람들은 늘어나 주변을 메우고 있다. 그들은 격해진다. 서로를 사이에 두고 몸을 움직인다. 먼지가 일고 있다. 사람들은 무감하고 주장은 계속된 채로 있다. 그러자 누가 먼저랄 것도 없이 토우에 몸을 꽂는다. 꽂고 있다. 꽂지 마. 꽂는다. 손가락부터 전신으로. 단단한 곳에서 무른 곳까지. 그들은 엉겨 붙는다. 붙고 있습니다. 사람들은 울거나 웃고 있다. 사람들은 사라지고 있다.

확성의 밤

자작나무 숲으로 걸어 들어간 밤은 나오지 않았다
밤의 피부에서 흰 털들이 곤두섰고 누군가는 천막을
쳤다 누군가는 밤을 지켰고 갓 찍힌 발자국은 예민하
게 떨고 있었다 한편으로 막차가 지나갔다 짐승들은
기침을 했고 소리들이 몰려들었다 큰 나무는 팔 벌려
울고 있었다 너는 천막 안으로 간신히 착지한 곤충의
날개

　충혈된 밤으로 새가
　번지고 그 위로
　떨어지는 이파리
　몰래 버려둔 횃불에서
　미끄러져 나오는 해명들

　산불이 천막 틈새로 가늘게 새어 들어올 때

　너는 담요였다 나를 싸서 들쳐 메고 있었다 환기통

같은 꿈속으로 걸어 들어가고 있었다 밤은 낮의 후
유증 같아 퍼렇게 멍이 들고 있었다 잠이 서서히 와
해되고 있어 깨고 나면 나는 담요를 걷어차는 습관
을 지니고 있었다

    *

  저는 천막을 열었습니다
  여전히 꿈속입니까
  사람들은 기침을 했습니다 팔 벌린 채
  무언가 해명을 하면서
  울고 있었습니다
  무엇을 보았습니까
  저는 덮었습니다 산불을
  다른 얼굴이었지만 분명 제가 아는 그 사람을
  이파리처럼
  담요처럼
  덮고
  또 덮었습니다

여기가 어디인지는 아십니까
밤이었습니다 지금도
울리는 것 같은

*

　깨어났을 땐 이미 어두웠다 어디론가 가려고 막차
를 탔다 막차는 자작나무 숲으로 들어갔다

사로잡혀서

나는 사로잡힙니다 숨을 쉬면서 내 몸들을 거느리고 있다는 기분이 되어서 움직이고 있습니다 그것들도 활동하고 있습니다

사거리가 삼거리로 되어 가는 동안 어딘지 수렴되는 양상을 띠면서

그러나 착시인가 그것들은 서로 돋아나네 그것들은 서로 엇나가고 그러나 거리에서 끝나 있다 그러니 날아간다고

하지만 날개가 없어서 무어라 이를 수 없고 그것들은 흩어진다 내 눈 속에서 밖으로 빠져나가고 있다 나는 비어 나가고 있었다

나는 그런 나를 사로잡고 있었다 그 사이 거리라고 부를 수 있는 것들은 사라진다 날아간 것들을 보내고서 나는 돌아가고 있다, 집으로

그러나 집 밖으로 빛이 몰려 나갔다

예식

이곳으로 소는 수시로 드나든다. 그는 소를 탄다. 타고 있다. 동문과 서문을 오가면서 여느 때처럼 지나고 있다. 천변이 나타난다. 물빛은 흐리다. 그는 휘파람을 불고 있다. 그의 눈 속에서 도시는 수몰된 채 서서히 멀어지고 있었다. 가자, 그러면 그는 곧 그녀를 볼 수 있을 것이다. 그녀는 문과 문의 중간쯤에 있었다. 거기서 소를 치고 있다, 여러 마리의 소를. 이 소는 참 예쁩니다. 그는 그녀의 소를 가리킨다. 웃는다. 한담을 주고받으면서 그것의 귀를 만진다. 만지고 있다. 제가 이 소를 타고 가도 되겠습니까. 그는 그것을 갈아타려 한다. 그녀는 끄덕인다. 옮겨 가고 있다. 이제 그녀는 한 무리의 소를 몰고 반대편으로 간다, 그리고 그는 그 반대편으로. 온 만큼의 거리를 재면서 그는 그녀의 등을 생각한다. 번화가를 지나 숲이 무너진 곳으로. 정거장을 따라 거리가 교차하는 곳으로. 소를 끌고 타기를 거듭하면서 그는 그곳으로 향한다. 그러자 그는 거의 다다른 문을 바라보고 있었다. 문 너머에서는 소리가 난다. 쏟아지고 있다. 함성과 비명이 엇갈리면서. 거대한 문을 올라가거나 내려가는 사람들이 있다. 무언가 쏟아집니다, 철새처럼. 소는 찔리고 있다. 찔린다. 그는 소의 등에서 떨어진다. 주저앉는다. 소가 넘어지고 있다, 그는 살 수도 있을 겁니다. 그러나 소는 죽어 가고 있다. 그들은 서로의 창백한 낯빛으로 예식을 치른다. 눈을 응시하면서. 그는 소의 눈꺼풀을 들어올린다. 눈을 파낸다. 파내고 있다. 그것을 자신의 눈과 교환한다.

나는 일기를 쓰고 있다

너와 만나고 있다. 계절의 순환 속에서. 나는 너와 오래 걸었고 네가 좋다. 네가 좋았다. 너도 그럴 것 같고 나는 너의 일기를 쓰려 한다. 너는 허락한다. 나는 너의 일기를 쓰고 너도 너의 것을 쓰자. 우리는 서로 쓴 일기를 보여 주진 않으리라 맹세한다. 볼 수 있어선 안 된다고. 안 됩니까. 너는 끄덕인다. 너를 응시한다. 공백을 채우면서 다음 계절을 보태고 있었다. 다다를 수 있을 것 같은 기분으로. 끝내 덮을 수 있을 것처럼. 이제 우리는 다 쓴 일기를 지닌 채 너의 방으로 간다. 너의 방은 신기하다. 모든 것의 처음 같다. 봄 같고 서랍이 있다. 서랍은 비어 있다. 우리는 들어간다. 그곳으로 너는 회색 일기장을 넣는다. 나는 갈색 일기장을 넣고 있다. 그런 채로 있었다. 하지만 밖은 가을이 되었고 어느새 안개 속에 있는 것처럼 느껴진다. 가을은 점점 공고해지고 있었다. 오히려 안개 속에서 너는 너를 더 잘 볼 수 있습니까. 우리는 있었고 얼마 후 너는 사라진다. 그러나 언제부터 너는 사라졌나. 너는 사라진다. 사라짐으로써 유명해진다. 유명해지면서 사람들은 너를 찾는다. 너는 보도된다. 너는 회자된다. 너를 찾을 수 없다. 서랍에는 두 권의 일기장만이 있다. 사람들은 너를 궁금해하고 너의 가족은 시립을 얻다. 거움이 갇힌 채로 퇴색해 가고 있었다. 너의 가족은 서랍 속 일기장을 출간한다, 그러나 회색이 아닌 갈색 일기장을. 그것이 덜 불온하다고. 덜 위험하고, 덜 음란하다고. 덜할 것이라고. 일기는 책이 된다. 되고 있었다. 퍼진다. 퍼지고 있다. 매미는 울지 않는다. 사람들은 온통 풀밭인 곳에 있었다. 한 장씩 넘기면서. 묵독하면서. 사람들은 일기를 읽는다. 나는 일기를 쓰고 있다. 쓴다. 여름을 적지 않는다.

어딘지 흐르고 붉은

흠집을 심었다 심었던 자리를 메우고 피부를 덮었
다 그러나 유실되고 있습니다 비가 점차 긁어내고 있
었다 나뭇잎이 떨어져 바닥에 안착한다

내게 선을 긋는다면 나의 유동은 무엇의 나열입니
까 분절되는 지점에서 정차한다 역마다 길섶에는 선
홍빛 짐승들이 피어났고 역무원이 손을 흔들고 있다
죽은 것들에서는 물이 나옵니다 나는

나를 잇대어 봉합합니다 시작된 곳과 멀어지는 곳
은 서로 관여하고 있다 긴 터널을 지날 때 내 형체와
터널 사이 부유하는 어둠을 떠올린다 그곳에 꽃을
심어 둡니다 나의 유동이

너의 나열이라면 누가 피부를 긁고 있습니까 흠집
은 고체로 엉기기 시작한다 너는 나의 유동에 물을
얹는다

미열

그날은 고향에 있었다. 터미널에 앉아 있었고 그곳은 잠을 자는 곳으로 읽혔다. 나는 서서히 걸어간다, 어딘지 분실한 적이 있던 거리를. 그러나 이미 도착한 먼 동네에는 사루비아가 피어난다. 나비가 날아다닌다. 낯익은 사람들이 지나간다. 그곳은 고향이었고 장마철에는 급류가 쏟아져 내렸다. 나는 장을 보고 있었다. 손엔 자두가 들려 있고 그러나 내가 값을 치른 건 작은 개였다. 나는 그곳을 선연한 고향이라고 느끼고 있었는데 표지판에는 모르는 지명이 적혀 있었다. 나는 작은 개를 들고 엄마에게 간다. 그래도 엄마는 있을 것이고 다행히 나는 그곳에서 누운 엄마를 바라보고 있었다. 밖으로 눈물이 새어 나가고 있었다. 통화음이 울리다가 그쳤다. 꿈속에서 내가 죽었다는 걸 안 건 나뿐이었다. 다른 사람에게 알리지 못했다.

이 모든 것이 여름같이 생겼다고 생각했다

  밤에는 산책했다, 어제처럼. 이미 벌어진 일들을 다시 하고 있다는 기분으로. 이곳에 살던 사람들을 추측하면서. 나는 이 동네에서 오랫동안 살았다. 살아서 또 산책을 한다. 한산한 곳을 바라보고 있다, 이 모든 것이 여름같이 생겼으므로. 나는 걷는다. 걷고 있었다. 모퉁이를 돌고 있었다. 그러자 그곳에는 있던 것이 사라졌다. 움푹 파여 있다. 그것은 분수대였고 그곳엔 구덩이만 홀로 남아 있다. 접근 금지 테이프가 둘러져 있다. 사람들은 지나친다. 나는 걷는다, 사람들을 따라서. 빈 곳을, 붕괴되어 사라진 한 곳을 돌아보면서. 그러면서 걷고 있었다. 여름은 변주되고 있었다. 걸을 때마다 붐비는 것들이 있다. 집적되는 것들이 있다. 도시는 발광한다. 나는 경관을 둘러보며 거리에 나와 있다. 도로변으로 빠져나온다. 많은 사람들이 지나다니고 있었다. 그리고 지나다니는 틈으로 또 한 사람이 앉아 있었다. 홀로 운다. 도드라져 있다. 앉아서 울고 있다. 나는 본다. 다른 사람들도 보고 있었다. 그러면서 지나친다. 그 사람에게 접근하지 못한다. 멀어지고 있다. 나는 뒤를 돌아본다. 돌아보고 있었다. 당신은 여기 있어선 안 됩니다. 다시 걷고 있었다. 그러나 나는 이 모든 것이 여름같이 생겼다고 생각하고 있었디. 게슉 걷고 있었다. 그렇게 생각하자 여름이 지나가고 있었다.

남은 얼굴로

밤에는 도착하게 된다 달을 보고 달을 지나치고 어
느 것에도 동하지 않게 되고 도착하므로 밤을 잊게
되어

잊은 몸으로 다시 잊을 수 없게 된다 물러가게 된
다 인상이 되어 살을 문지르고 그러나 인상은 이내
가시게 되므로

남은 말을 모국어로 삼고 남은 얼굴로 나를 바라보
게 되고 너를 지나치면서 너 같다고 말하게 된다

2부

연안으로

연안으로 가 봅시다 연안으로 밀려오는 너를 보러 나는 연안으로 건너가 봅니다 너를 마주한 나를 만나러 연안으로 나를 흘러가 봅니다 네게 잠들기 직전이라고 말해 주러

그런 내게 너는 물을 밀고 땅을 밀었다고 합니다 밀다가 놓쳤다고 합니다 밀려오는 중에 갈 곳을 잃었다고 합니다 그런 네게 나는 사이가 사라졌다고 말합니다 멀어져서

너무 멀어져 버렸다고 그러니 나를 흘러가라고 말합니다 너는 의아한 표정으로 내가 잠들어 있다고 말합니다

동양

　나는 무기를 쥐고 있었디. 겨루고 있나. 그와 분투
하는 동안 서로를 노리고 있다. 무엇도 되지 않는 풍
경에 휩싸여서 그러나 눈앞에 있는 대상을 향하여 있
다. 무언가 사라지는 사건이 일어났으므로. 나는 그
를 본다. 어느새 이기려 한다. 이기고 있다. 이겨 버리
면 되었고 그것은 감각 속에서 가능한 일이었다. 나
는 그의 급소를 겨눈다. 거두고 있다. 그의 얼굴은 풀
리고 있었고 그러나 우리는 서로 무연해지고 있습니
다. 그가 나를 바라본다. 보면서 뒤돌아선다. 나는 감
각을 잃고 있었네. 그러자 그는 걸어가고 있었다, 건
너왔던 곳으로. 차 밭을 지나 주변을 돌아서, 또 돌아
나가고 멀리 보이는 푸른 것들을 지나서, 그가 우세한
지역에 들어선다. 그가 돌아간 자리에는 그러나 다친
네가 생포되어 있었다. 너는 무기를 찾는다. 그것을 쥐
려 한다, 너를 둘러싼 사람들 사이에서. 그가 네 앞에
선다. 너를 겨눈다. 너는 그림자에 가려져 있다. 네가
감각할 수 있는 건 무엇인지. 그러나 음각된 장식들
이 흩뜨려 놓은 공간 속으로 너는 봉착해 있다. 사람
들 틈으로 너는 어두워지는 푸른 것들을 바라보고 있

다. 보이고 있다. 그런 너를 그가 찌른다. 사람들은 너를 보고 있다. 찌르고 있다. 네가 보는 걸 볼 수 있는 셋들은 시러진다. 나는 너와 함께 죽고 있다.

산양

버스가 온다. 버스와 미주하고 있다. 그는 그 안으로 들어가려 한다. 어린 산양을 안은 채로 그는 좌석에 앉는다. 허벅지 위에 산양을 앉히고 있다. 그것을 팔로 감싼다. 쓰다듬고 있다. 그러면 버스는 비포장도로를 지나가고 있었다. 산을 휘돌며 올라가고 있습니다. 절벽을 경유한다. 마을에 이르렀고 버스는 정차하고 있었다. 몇 사람이 내리고 있었다. 또 몇 사람은 오르기 위해 밖에서 기다리고 있다. 그 중에는 산양을 들고 있는 한 사람이 있었다. 그는 그 사람을 본다. 좌석에서 일어나야 한다. 그가 일어나고 있다. 산양을 안은 채로 문으로 다가가고 있다. 산양을 건네주고 있습니다, 다른 산양을 건네받으면서. 그는 다시 돌아와 앉았다. 버스는 천천히 이동하고 있었다. 산양은 잠들어 있다. 동물의 냄새는 버스 안으로 퍼져 간다. 버스는 다른 마을에 도착해 간다. 또 다른 사람이 산양과 함께 있었다. 그는 그것을 바꾼다. 다시 좌석에 앉는다. 버스는 출발한다. 정차하고 있었고 이러한 행위는 반복되고 있었다, 순례를 하듯이. 빈자리는 차차 늘어나고 있었다. 버스는 또 다른 마을에 이르러 있었다. 여기서는 다들 내려야 합니다. 내린다. 사람들은 내리고 있다. 밖에서 기다리는 사람은 이제 없었다. 미기마으로 기사마저 내리고 있었다. 그는 일어서고 있었다. 기사가 앉았던 자리에 산양을 앉힌다.

시월

복도는 어디까지 나를 바래다줍니까
난간에서는 쇳소리가 났고 저녁은 멀리서부터 변경
되고 있었다
달력은 나를 지치게 합니다
당분간 시작될 겁니다
통로 안으로 나방이 피로를 흘리고 다녔다

나방이 눈꺼풀이 되어 내려앉습니다
무늬가 흐트러질 때
가루에서는 무색이 묻어납니다
날개가 접히는 곳에서 나는 다른 방향을 셈합니다

시월에는 내가 잘 자라날 수 있는 조건에 대해 오
래 생각했지만
내가 설정한 계절은 다른 계절에 파묻히고 있습니다
복도는 온실 같지 않습니까
끝나도록 반성을 연습했어요

베네수엘라어

    너는 외국어로 말한다 아무런 뜻처럼 나는 외국어
로 대답하고 너는 풍겨 온다 나는 부분을 건너�뛴다
노래하듯이 차양 밖으로 눈이 흩날린다 외국어처럼
너는 내게 어질러져 있다 혀를 품듯이 그러나 혀를
포기하고 말은 먼 방향으로 진행된다 눈처럼 흩어진
다 외국어를 하듯이 무언가 이월되는 기분이 지속된
다 나는 말을 할수록 그것을 잃어버리고 그러면 당신
은 자주 고개를 끄덕입니다 윗입술이 아랫입술을 지
피자 눈이 녹아들었다

모색하는 사람

　너는 나갈 채비를 하고 있다. 그녀가 무어라 말한다. 언제부턴가 그녀가 말하고 있다. 하고 있는 것처럼 보인다. 거울을 본다. 거울이 깨져 가는 것처럼 느껴진다. 그건 보이지 않는다. 면접이 있는 날이다. 너는 입는다. 입고 있었다. 그녀는 너의 어떤 면이 좋다고 했다. 그녀는 네게 맑고 뾰족하다고 했다. 그녀는 네게 감정을 모른다고 했다. 네게 정직하다고. 잠기지 않는다고. 네가 의혹 속에 있다고. 그녀는 네게 했다. 했다. 하고 있었다. 거울을 그만 본다. 너는 입고 있는 너를 추스른다. 웃어 본다. 그러고 보니 웃음이 나오고 있다. 웃을 수 있다. 창밖으로 공사하는 소리가 들리고 그러나 아무도 없을 것처럼 느껴진다. 집을 나선다. 나오고 있다. 너는 나오고 있었다. 그곳으로 사람들을 만나러 가야 합니다. 가고 있다. 사람들은 도착해 있었다. 항상 도착해 있다. 자기소개를 해 보시겠습니까. 너는 앉아 있다. 너는 불안을 소개하고 있다. 머뭇거린다. 너는 불편을 소개하고 있다. 웃는다. 너는 너의 어떤 면에 대해서 말하지 않는다. 그녀는 너의 어떤 면이 좋다고 했다. 그녀는 좋다고 했다. 네게 했다. 너는 말을 한다. 말을 하고 있는 것처럼 보인다.
웃어 보인다. 거울은 깨져 가고 있습니다. 너는 깨져
가는 것들을 보지 않는다.

자재로

　자재는 운반을 필요로 한다. 자재가 운반되고 있다, 노동력으로. 여기서 저기로 필요가 불어나고 있다. 자전거가 도로 밑으로 돌진한다. 도로 위로 가스가 새고 있다. 그와는 별개로 운반은 반복되고 있다. 이 자재는 강도가 셉니다. 이것으로 기초를 세웁니다. 그러나 그와는 별개로 파동이 감지되고 있다. 국외에서는 난이 일어나고 있다. 밖에서 안으로 공간에 따라 빛이 증감한다. 그와는 별개로 필요는 망각되지 않는다. 필요는 운반되고 있다. 숲이 허물어진다. 필요 없이도 경기가 진행된다. 그와는 별개로 노동력이 이동하고 있다. 강이 가능하지 않게 된다. 자재로 자재의 원천을 깨뜨린다. 묘사할 수 없게 되었다.

없는 개를

개를 의식한다, 이전에도 그 이후에도. 그러자 개들이 붙어났다. 앞발을 든다. 몸을 흔들어 보인다. 짖는다, 무기도 없이. 산처를 받은 개가 있다. 피해를 받는 개는 없다. 혀를 내밀고 있다. 나는 거울 앞에서 개한 마리를 들고 있다, 그 개와 거울의 개가 눈 맞추기를 바랐으므로. 그러나 시선은 닿지 않았고 이내 개는 거리를 산책하고 있었다. 짖었다, 개들 사이에서. 겁 많은 종은 물체의 뒤를 오래 응시한다. 나는 그 개옆에 없었다. 들었다, 눈앞에 없는 개를. 그리고 나는 그 자세를 유지하고 있다. 움직이지 않는다. 그러나개는 눈앞을 향해 짖었고 나는 나와 같은 종의 눈을피하고 있었다. 개가 꼬리를 흔들고 있다. 개는 본능을 앞지른다. 앞지르면서 그것을 해소한다. 어떤 개는주인이 없었다. 없는 주인에게 달려 나갔다.

원어

다른 날씨가 된다. 다른 복장을 하게 되고 그는 다른 일과를 보내려 합니다. 밖으로 나갑니다. 오래된 외투를 걸친 채로. 그는 움직이고 있었다. 외투 주머니에 손을 넣은 채로. 거리에는 다른 움직임들이 우글대고 있다. 무언가 손에 닿는다. 익숙한 질감이 느껴진다. 주머니 속 그것은 작년의 낙엽일 것이고 그러나 지난 일은 쉽게 정돈되지 않는다. 그는 계속 움직이고 있었다. 건물이 보이고 있었다. 그곳은 관청이었고 이전에 들어가 본 적 없는 건물 속으로 그는 들어간다. 계단을 오른다. 오르면서 낙엽을 풀어 놓는다. 다 오른 공간에는 빈 의자가 있다. 빈 책상이 있다. 더 조용했던 흔적만이 놓여 있었고 하지만 그는 그곳에 앉게 된다. 책을 읽게 되었다. 간혹 계단을 바라보면서. 그는 낯선 언어로 된 문장을 읽고 있다, 이해하려 하지 않았으므로. 그는 낙엽을 주시하고 있었다. 사람들은 이전부터 계단을 오르내리고 있었다. 그러나 그것을 밟지 않는다. 낙엽은 변색되지 않는다. 손상되지 않는다. 무사합니다. 하지만 그건 제가 원했던 게 아니었습니다. 그는 책을 덮는다. 나는 쓰던 공

책을 덮고 있다. 그는 낙엽을 도로 줍는다. 주머니에 넣고 있었다. 다른 곳에 풀어 놓을 겁니다. 그는 다른 곳으로 향하고 있었다. 나는 밖으로 나가고 있었다. 낙엽을 밟고 있었다.

동공

당신은 동공으로 우리의 거리를 나타냅니까
동공의 검은 빛이 붉은 실을 당겨 눈꺼풀을 덮을 때
눈은 차츰 저물어 갑니다
동공이 당신을 구체적으로 모색하는 시간입니다
하루가 목욕하고 있습니다
비가 거리를 앗아 갈 때까지
그 사이 당신의 종아리에 커튼의 음영을 그려 넣습
니다
감지되는 나와 지향하는 나는 한 몸에서 서로를
시늉하고 있습니다
붉은 실은 헝클어지고
나의 각성은 당신의 반경 내에서 묘연합니다
내 정체를 보여 주겠습니다, 당신이
사라졌음을 증명해 보인다면
그 동공이

合

이제 우는 사람은 여기 없고
울었다는 사람만 모여서
너는 얼음을 여기 놓고
다 녹기를
여기 없는 것들과
끝날 수 없는 것들을 생각하면서 다 녹기를
팔다리를 집어넣은 네가

새

  고깃배가 흘러간다. 너는 베를 다고 있다. 물이 흐
르고 있다. 너는 그것을 잡으러 이곳으로 온다. 노를
젓고 있다. 잡히지 않는다, 그래도 좋다고 생각하면
서. 너는 눕는다. 하늘과 구름은 입체적으로 보이고
있다. 타령을 하고 싶어진다. 그러나 그것은 생각나지
않았고 다만 아는 노래를 타령조로 불러 본다. 주위
의 풍경을 가사로 변환하면서. 그러면서 주위를 고적
하다고 느낀다. 주위가 멀어진다고 느낀다. 감각이 무
뎌진다. 새 한 마리가 날고 있었네. 그러나 그 새는 이
미 배에 착지한 후였고 너는 모로 누워 그것을 바라
보고 있었다. 새가 떨고 있었다. 이내 움직임을 멈춘
다. 쓰러진다. 너는 그것을 만져 본다. 흔들어 보고 있
었고 그러나 죽어 가고 있었다. 또 한 마리가 배 위로
들이닥치고 있었다. 그것 역시 쓰러진다. 너는 그것들
에게 숨을 내뱉는다. 천천히 불어 넣고 있다. 하지만
네 숨은 서서히 마취되어 갔고 너는 자책하고 있었
다. 이 새를 살리기 위해 나는 무엇을 할 수 있었나.
그 사이 죽기 직전의 새들은 또 몰려오고 있었다. 무
더기로 떨어진다. 뚝뚝 떨어지고 있다. 그것들은 배를

가득 메운다. 배가 무거워진다. 배는 흘러간다. 그러자 이 모든 상황이 드물게 비현실적이라는 생각에 이르게 되었다. 너는 웬지 안도감이 들었다. 너는 너를 깨워 본다. 깨우고 있다. 그러나 깨지 않았고 이번에는 새를 깨우고 있다. 계속 깨우고 있었다, 달래면서. 그만 일어나라고. 하지만 이건 그 누구의 꿈도 아니었지. 너는 흐린 눈앞을 멍하니 바라보고 있었다. 끝을 분간해 내지 못했다.

나는 새벽에 대하여 말했을 뿐인데

내가 말하자 그는 나타나고 있다
나는 새벽에 대하여 말했을 뿐인데
새벽과 함께 사라진 얼굴에 대하여
그러나 그는 출몰하고 내가 말할 때마다
나는 그를 바라보게 된다
그와 함께하면서
경내로 진입하고 그러면
그의 면모가 드러나는 것 같고
더 생생해지고
그러나 그는 내 형체를 모르고 있다
눈앞을 지우면서
걸을 때마다
나는 산 채로 지나가는 사람들을 의식하고 있고
그는 내 얼굴을 바라보고 있는 것 같다
새벽은 이미 늦었으므로
나는 걸터앉을 곳을 찾고 있다
정자가 놓여 있는 곳으로
나를 옮겨 가고
그곳에서 바깥의 풍경을 조망할 때

내 입은 물러나고
그러나 그는 내 입에서 헤어나지 못하고 있다
그는 내 옛날 사람인가
그의 얼굴이 내 입을 닫고 있다

두 번째 자연

슬픔이 야생했다 그곳에서 가지가 두꺼워졌고 잎이 자라났다 그늘은 무성해졌다 그가 군락을 이루자 사람들이 몰려들었다 갈라진 노을 사이로 새들이 빠져나오고 있었다 그는 내색하지 않는 사람입니다 그러니 그의 표정은 벗겨지고 있습니다 사람들은 울타리를 쳤고 눈물을 솎아 냈다 그러나 그는 짐승이기도 합니까 양떼구름이 정박해 있었다 사람들은 잇따라 절벽을 지었고 창문을 뚫었다 모두들 열중했다 사고가 일어나기 전까지 어느 날 폭발이 어두운 밤으로 흘러 들어가고 있었다 사람들은 도망하고 있었다 그들에 치여 울타리가 허물어졌다 두 번째 야생이 시작됐습니다 그러니 그의 야생은 정말 슬퍼진 겁니까 분진이 가라앉고 있었다 소나기가 뛰쳐나갔다가 돌아오지 않는다 그는 머리 위에 한 줌 흙을 바르고 기다렸다 눈물에도 소리가 났습니다

3부

그것에 누가 냄새를 지었나

숲을 심자 숲이 번성했다

그 사이 너는 걷는다

나무를 베어 내며 나무라고 발음한다

냄새는 죽고 너는 서서히 품고 있다

여름을 지나친다

너는 망연하고

너는 흩어지고 있다

베어진 빈 공간에서

그 사이 대상 없는 냄새가 풍기기 시작한다

너는 냄새라고 발음하지 않는다

너는 심증으로만 숲을 깨닫고

주위를 돌고 있다 냄새를 달래면서

너는 각별해진다

너는 이름을 모른다

너는 습하고

너는 기다리고 있다

너는 너와 연관 없는 냄새로 지낼 겁니다

너는 짙어진다 비 온 후처럼

숲을 견딘다

공백

　그는 썼다. 쓰고 있었다. 흩날리는 숲에 대해서. 숲 속에서 마주쳤던 야한 것들에 대해서. 쓰지 않을 때에도 그러나 대부분 쓰고 있는 상태였고 그는 쓴다. 아무것도 모르는 채로. 우체부가 앰뷸런스를 몰고 숲으로 들어가는 사태에 대하여. 혹은 냄새에 대하여 쓴다. 무슨 냄새라 이름 불리기 이전의 냄새에 대하여. 영영 모를 것 같은 기분으로. 냄새의 그림자에 대하여. 그것이 숲을 방치하고 있다는 생각으로 그는 쓰고 있다. 이제 그는 다 쓴 종이를 들고 간다. 건물 앞에서 사람을 만나기 위해 걸었고 사람과 만나고 있다. 이건 당신의 것입니다. 사람은 그걸 받는다. 고개를 든다. 서로 웃는다. 사람은 거리를 건너간다. 그는 거리를 지나친다. 밤이 거칠다고 생각한다. 화사하다고 생각한다. 그러면서 집으로 가고 있다. 그 밤 사람은 읽는다. 거리에는 둘 다 없다. 사람은 되풀이해서 읽는다. 단어들을 보며 그걸로 자신을 이루어 내려 한다. 그리고 그 밤 그는 다시 쓴다. 이제는 사람에 대해 쓰고 있다. 사람의 슬픔에 대하여 혹은 인상에 대하여. 사람이 흩어지는 방식에 대해서 쓴다. 그는 다시 쓰고 그 밤 사람은 읽었다. 그것이 자신과 연관되어 있다고 느낀다. 느끼고 있다. 그 밤 그는 자욱하게 쓰고 있었다. 이제 그는 또 간다. 밤에 쓴 것을 가지고 간다. 사람도 갑니다. 만나러 가야 한다. 건물 앞에서 만날 수 있었다. 아름다운 시인 것 같습니다. 사람은 읽었던 것에 대해 말하고 있다, 서서히. 시에서 그게 자신일지도 모른다고. 흩어지고 있다고. 그러나 짙어질 거라고. 사람은 말하고 그는 종이를 가만히 들고 있다. 그는 기쁘고 이상하다. 이상하고 습하다, 숲 속에 있는 것처럼. 그는 자신이 들고 온 종이를 바라본다. 보고 있다. 종이 뒷면에 빛이 여과되는 걸 감지한다. 그런 것처럼 보인다. 사람이 안 보인다. 거리에는 아무도 없다. 종이에서 무슨 냄새가 났다.

고원에서

　탈색된 풀 사이로 걷고 있다. 고원이었다. 수 시간
째 나는 한 사람과 같이 있다. 지형을 관찰하면서 나
는 그에게 이곳을 설명하게 된다. 눈에 대하여. 이 눈
은 희귀한 것이라고, 그 이유와 성질에 대하여. 그 이
외의 것들에 대해서 말하고 있다. 말없이 끄덕이면서
그는 나를 쳐다보고 있다. 어느새 우리는 샘터에 다
다른다. 그는 피로한 것처럼 보인다. 지쳐 가고 있다.
쉬고 있다, 멍하니 물만 바라보면서. 이곳의 물은 마
셔도 됩니다. 내가 말하자 그는 그것을 마시기 시작한
다. 그러자 끝도 없이 마시고 있었다. 나는 왠지 이상
한 기분이 들고 있었다. 그를 놓아두기로 한다. 내버
려 두고 있다. 나는 그와 멀어진 채 이동하고 있었다.
고원의 다른 장소로. 이전과 유사한 풍경 속에서 그
러나 또 다른 사람을 만나고 있었다. 그 사람은 능동
적이다. 그 사람은 호의적이다. 우리는 대화를 한다.
수 시간째 걸으면서, 그간 벌어진 사건에 대하여. 사
건의 긴장에 대하여. 흐름을 재촉하면서. 그러자 우리
는 샘터에 앉아 있었다. 갈증이 났다. 입술은 차가워
진다. 나는 물을 마시려 하고 있었다. 그것에 손이 닿

고 있었다. 하지만 마셔서는 안 되는 물입니다. 그는
설명하고 나는 고개를 젓고 있다. 수긍할 수 없는 표
정으로. 그럴 리가 없지 않습니까. 그러나 그는 단호
하고 갈증은 심해진다. 한없이 지쳐 간다. 나는 돌아
가고 있었다. 괴이한 몸짓으로. 이전의 샘터로. 그러
나 풍경은 여전히 정체해 있었고 나는 걷는다. 달리
고 있었나. 어딘지 희박해 보이는 동작으로 되돌아가
고 있었다. 어디서건 녹아내린 물로 흥건했다.

누에

　누에고치 냄새가 난다 지하로 여자가 내려간다 유
리창으로 다른 유리창이 반사되고 건물은 자생한다
여자는 깊숙이 내려간다 계단 아래로 깊이가 위치되
는 곳으로 누에가 실을 토해 낸다 실이 몸을 쌓고 있
습니다 문은 집요하게 반복된다 여자는 내려가고 계
단은 발에서 비롯된다 누에는 외피를 불린다 두터워
진다 바래지고 지하의 빛은 어둠에 기대어 있다 그녀
의 장소는 얼마나 깊습니까 추적된 몸 안으로 들어간
다 여자가 계속해서 건물을 짓고 있다

살구로 맛볼 수 있는 건 무엇인지

너는 아름다운 목을 지니고 있다. 너를 아름답다고
한다. 목은 드러나 있다. 그렇게 말하자 그 말은 사라
지고 있다. 너는 밤에 서고 있었다. 밤중에 사라져 버
린 것들을 용인하면서 그러나 너는 이 지역의 언덕을
다 걸어보지는 못하고 있다. 사람들의 목을 관찰하고
있다. 너는 아름답다고 말한다. 너는 아름다움을 찾
고 있다, 주위의 식물에서. 그러나 밤에는 숙연해져야
하고 너는 출입이 금지된 곳에 이르자 방향을 전환하
고 있다. 나무는 고개를 늘어뜨리고 있다. 너는 그 나
무의 유래는 모르고 그러나 살구 하나가 떨어져 있
다. 어둠 속에서 너는 그것을 줍는다. 쪼그려 앉아 있
다. 살구로 맛볼 수 있는 건 무엇인지. 그러나 너는 기
억해 내지 못하고 있다. 살구를 쥔 손을 내밀고 있다,
사방으로. 어서 물어 가기를 바라고 있다.

동면

다시 일어나고 있었다. 이맘때에는 산에 올라야 한다고 생각한다. 일어난다. 그러면서 나는 가고 있다. 너와 만나서 올라갈 것이다. 한기가 돌고 있다. 나는 춥다고 읊조린다. 겨울이었으므로 그것은 당연한 말이었고 그러나 곳곳에서 들리고 있었다. 거기서 너는 여미고 있었다, 내게 말을 하면서. 이 계절과 등산은 어울리지 않는 것 같다고. 그러나 우리는 이미 약속을 했고 지금은 산 중턱을 올라가는 듯이 보인다. 진흙이 밟힌다. 돌은 젖어 있다. 숲에는 빈 공간이 자욱하다. 그곳으로부터 사람들은 내려옵니다. 너는 내 어깨를 건드리고 있었다. 어디서 많이 본 듯한 얼굴인 것 같다고. 너는 내려오는 두 사람을 쳐다본다. 나도 보고 있었다. 그 둘은 왠지 어울리지 않는다. 한 사람은 매체에 자주 나오는 사람이다. 그러나 다른 사람은 처음 보는 얼굴입니다. 그 둘이 같이 내려오고 있었다. 어딘지 이질적인 두 사물이 곁에 있다고, 심지어 움직이기까지 한다고 생각하고 있었다. 그렇게 말하자 너는 웃었다. 나는 너의 얼굴을 빤히 쳐다보게 되었다. 그런 나를 빤히 쳐다보게 되었다. 그러면서 계속 산을 오르고 있었다. 우리는 이제 정상에 다다르고 있다. 정상에 도착한나. 그러니 기념으로 불러보자. 그러자 우리는 불렀다. 계속 부르는 것 같있다. 부르고 나니 메아리가 울린다. 그러고 나니 고요합니다. 그러나 이곳에서도 짐승들이 자고 있을 것이다. 더 올라갈 겁니까. 나는 너의 얼굴을 빤히 쳐다보고 있었다.

밤을 몰라보게 되어서

공늘여 든 잠에서 깨어나고 있다
밤에는 털이 날리고
등 굽은 동물이 되어가고
회생한 얼굴을 보았지만
다만 보고 싶은 것은
꿈에 찔려서 도로 능으로 들어가는 얼굴이었고
털은 자란다
죽은 야경을 열어 환기를 하는 사이
얼굴에서는 몸이 드러나고
눈은 녹아 땅을 질게 하고
밤이 여윈 것
다만 밤이 여윈 것에 대해서
향을 피우고
잠든 동물의 얼굴이 되어 가고
밤을 몰라보게 되어서

재를 넘어서

재를 넘어서 넘을 때마다 너는 절을 하고 이미 이 재를 넘었던 사람들의 몸 안으로 너의 절은 들어앉아 있다

그러면 너는 목소리를 내어서 말을 하고 이 재를 넘었던 사람들은 네 말을 따라하고 그것은 모르는 언어이므로 노래처럼 부르고

너는 그 노래를 다시 말로 할 수 없어서 어디까지 너의 다리이고 너의 얼굴인가

그렇게 사람들은 너를 기이하게 여기므로 네게 절을 하고 너는 재를 넘어서

옥상으로

우리는 올라간다, 재개발 지구의 옥상으로. 그곳으로 오르고 있었고 우리는 위에 있다. 스크린을 설치한다. 영화를 보려 한다. 밤이 오면 그것을 볼 수 있다고 그는 말한다. 나는 기다린다. 그녀는 말이 없고 밤은 오고 있었다. 우리는 서너 편의 영화를 본다. 여러 편이 겹쳐서 상영되는 듯하다. 하나로 수렴되는 듯하다, 상징처럼. 영화에서 한 사람은 공장 지대를 거닐고 있었다. 거닐면서 길을 잃고 있었다. 다른 사람은 강을 건너고 있었다. 그리고 우리는 강 너머를 볼 수 있다, 집과 불빛을. 또 다른 사람은 없었다. 대신 철도는 무한히 이어져 집 안으로 개통되어 있었다. 우리는 영화를 보고 있었다. 불빛이 번진다. 그녀는 그의 옆에 앉아 있다. 이제 영화는 끝나려 한다. 끝나 가고 있다. 누구나 알고 있다. 하늘은 스크린으로 투과되는 것처럼 보인다. 그 사이로 집이 비치는 밤이다. 교회의 표식이 보이는 옥상이다. 수평으로 서 있었다. 영화는 끝났고 스크린을 철거한다. 영화를 뜯어낸다. 뜯어내고 있다. 이곳은 무너질 것 같습니다. 바람이 분다. 주변에선 이곳만이 생생하다. 옥상이 철거될 겁니다. 우리는 올라가곤 했었다. 옥상은 다른 곳에서 재현되고 있을 겁니다. 우리는 올라갔었다. 취한다. 우리는 이미 무너진 곳에 서 있었다. 상징처럼 안전했다.

피서

　마찰히는 싯에는 보풀이 일었다 자주 스위치를 껐다 켰고 비누에는 균열이 생겼다 비나 내렸으면 그러나 햇빛이 부서져 내렸다 파이프는 계속 뼈 소리를 냈고 하늘에는 버짐이 피어나고 있었다 너는 비틀어진 선로였다 그러니 이탈할 것 여러 번 다짐을 했고 면벽했다 여분의 무게로 나무는 흔들리고 있었다 무언가 자주 간섭했고 그러나 그것이 쉽게 떠오르지 않았다 출구가 전환되고 있었다 청과점 앞에는 아지랑이가 오래 정체했다 네 동공은 우주 같았고 그러나 빈 우주에서 나는 독백하는 배역을 맡았다 또 한 편의 여름이 재생되었다 나는 일상을 적지 않았다

문

문이 발하고 있다
뮤 아닌 것들이 문에 부딪치고
그러므로 문으로 넘쳐 나고 있다
치닫고 있다 이루어져서
문은 기이한 장소가 되어 가고 있다
그 속에 있던 네가
내 문으로 닫혀 있다
닫혀 있던 내가
네 눈으로 열려 있다
내 눈은 나를 없애기에 좋았다
문으로 오는 것들과
문으로 나가는 것들 사이에서
네 눈은 빈 방처럼 들어차 있다
누가 들어가도 좋을
네 눈 속에서
그러나 나는 서서히 잠들고 있다
문으로 발하면서
나 아닌 것들로 지내면서

기르는 얼굴

체중을 재고 있다. 한 사람씩 기다리면서 그러나 이르고 있다. 체중을 감당하는 곳으로. 누군가 숫자를 바라보고 양을 계측하는 곳으로. 내 앞에서 그러자 그는 올라서려 한다. 디디고 있다. 하지만 벗어야 합니다. 사람들은 그를 막아서고 있다. 벗지 않으려는 그를 설득하고 있다. 불분명하다고 말하면서. 그래서 잴 수 없다고 그에게 으르면 그는 이내 수용하고 있다. 옷을 벗으면서 그러니 오히려 편안하다고 그는 말하게 되고 안도한 표정으로 나를 지켜보고 있다. 나도 벗어야 한다고, 벗은 채로 지점에 올라야 한다고 그는 내게 말하게 된다. 나는 벗는다. 올라서려 한다. 그러나 내가 기르는 개와 함께. 이 개와 같이 나는 오래 살았고 또 살아 있으므로. 하지만 사람들은 그런 나를 만류하고 있었다. 사람들만이 가능하다고. 나는 그렇게 말하는 사람들을 쳐다보면서 이것과 나의 관계를 설명하고 있다. 생기 없는 얼굴이 되어서. 하지만 엄한 표정의 사람들과 끝내 맞서지는 못하고 나는 내 개를 내려놓는다. 그러자 개가 뛰어간다. 엎드린다. 지근거리에서 나를 바라보고 있다. 내 뒤에서 다른 사람들은 여기로 모여들고 있었다. 모여들 때마다 무게는 늘어나고 있었다. 이미 모든 사람들이 와 있는 곳에서. 하지만 모자랍니다. 여기가 모자라다고 누군가 말하고 있었다. 나를 보면서 그러나 나에게는 개가 있지 않느냐고. 예외로 할 것이라고. 그때 나는 내 개를 부른다. 그 개의 이름을 부르고 있다. 불러도 오지 않는 개가 있다. 개는 물 위에 엎드려 있었지. 엎드려서 흐르는 사람들을 바라보고 있었지.

입국

나는 가 버렸구나. 가 버린다. 그리고 이곳으로 입국한다. 공항에 도착해 있었다. 낯선 인파가 보인다. 누군가를 바라보는 듯하다. 나는 사람들이 들고 있는 것들을 바라보고 있다. 그것엔 어떤 문구가 쓰여 있었고 나는 나오고 있었다. 사람들의 얼굴로 낯익은 인상을 대조해 보게 된다. 실패하게 된다. 그것을 그치고 있다. 그러자 나는 내게 들켜 버린 기분이 든다. 나는 계속 걸어가게 된다. 지나치는구나. 무수한 얼굴이 되어서. 마중하는 사람들 사이로. 그러나 한 사람이 서 있었고 그 역시 무언가를 들고 있었다. 그는 거울을 높이 든다. 들고 서 있다. 막 입국한 사람들을 주시하면서. 그러나 문은 빠르게 닫히고, 닫힌 후 시간은 흐르고 그러자 더는 사람이 나올 수 없게 된다. 그는 거울을 가만히 들여다보고 있다. 돌아가고 있다. 그러면서 거울을 무참히 깨뜨린다. 거울이 부서진다. 거울은 무너졌고 그것은 쓰레기통에 버려졌다. 그는 되돌아가고 있었다, 뒷모습으로. 뒷모습 사이를 지나가고 있다. 나는 그것을 지켜본다. 점점 더 멀어진다. 그러나 뒤쫓아 가게 되고 나는 공항의 통로로 들어선다.

통로의 끝으로. 끝이 다시 시작되는 지점으로. 그림자에 빛이 밴다. 그는 나가고 있다. 나도 따라나선다. 밖으로 늘어찬 도시는 정교하다. 민족의 풍물이 보이지 않는다. 예보가 끝나지 않는다. 나는 그를 쫓아가고 있다. 가고 있었다. 그러나 나는 가고 없구나. 얼굴로부터. 거리로부터. 건너편에서 그림자가 무너진다. 나는 그를 붙잡게 된다. 그가 뒤를 돌아본다. 나는 그에게 말을 걸고 있다. 그 앞에서 말을 하고 있었다. 계속 묻고 있었다. 그의 전신에 입김이 서려 있었다.

손쉬운 체조를 하면서

이런 날들은 계속 될 수도 있나 햇볕이 몸을 걸어
가고 있다 너를 떠밀고 있다 너는 익숙한 공간을 모
르는 척 하면서 오후와 함께 지나가고 있다 죽은 척
하면서 걸어갈 수도 있네 그래도 아무도 모를 것이고
너는 공간을 돌고 있다 반경을 점점 넓혀 가면서 그
러나 반경 안으로 그가 들어오고 있다 너는 죽은 척
하고 있으므로 모르는 척 계속 걸어가네 하지만 그
는 네 이름을 부르고 있다 죽은 척 걷지 말라면서 그
러자 너는 못 들은 척 그에게 말을 하고 있다 근황을
지나치면서 그렇게 너는 그와 함께 계속 걷고 있을
수도 있다 손쉬운 체조를 하면서 그러면 그의 체조도
넓어지고 있다

그림자의 사람처럼

그는 어디에 있나. 그는 여기에 있나. 그는 서 있었다. 그림자들 속에서 그림자는 허리와 무릎을 가두고 있었다. 안으로 저물고 있었다. 나는 어디에 있었나. 나는 여기에 있네. 그의 그림자 안으로 발을 디디고 자리를 잡고 있다. 밖으로 나가고 있었다. 이를 반복하면서 그러나 교대로 움직이고 있었다. 이것을 놀이라 하며 서로 즐거워하고 있었다. 그 사이 그림자 안으로 밝은 새가 어두운 새를 떨어뜨린다. 날아가고 있다. 사람들은 스쳐 가고 있었다. 그러면서 사람들은 내게 주위를 둘러보라 한다. 날이 다 저물었다고 집으로 돌아가라 한다. 나는 내 앞에 있는 그를 쳐다본다. 어두워지고 있다. 그러니 집으로 돌아가야 한다고 그의 등 뒤로 나서고 있다. 그는 나를 부르고 있었다. 그의 그림자 안으로 그러나 낯선 것이 들어오고 있었다. 그리고 정지한다. 그는 그것에 대고 나가라 한다. 어르고 다그치지만 그것은 그림자 밖으로 나가지 않는다. 그의 표정은 굳어 가고 있었다. 나를 쳐다보면서, 그는 그림자의 사람처럼 서 있었다.

우리는 흐르는 자세를

건축물을 감상하고 있다. 두 사람은 서서 그것을 바라본다. 기둥이 많구나. 기둥은 늙었고 열을 지어 서 있었다. 그 사이로 산의 능선이 보이고 있다. 건축물은 구조만 남아 드러나 있다. 거기 있습니까. 안개가 퍼져 가고 있다. 시간이 흐르길 기다리고 있습니다. 그러나 기다리지 않는 동안에도 시간은 흘러갈 것이었고 어느덧 그 둘은 지붕을 바라보고 있었다. 올라가려 한다. 두 사람은 기어오르고 있다. 기둥에 달라붙어서 그것을 토대로 올라간다. 지붕에 다다르고 있다. 이것을 해체할 겁니다. 두 사람은 지붕을 쳐낸다. 차례차례 그것을 부수고 있다. 파편은 떨어진다. 지탱해야 할 것들은 흩어져 내린다. 두 사람이 내려오자 바닥에는 지붕의 잔해만이 쌓여 있었다. 그러나 다시 건축물을 감상하고 있었다. 시간은 활동하고 있다. 시간이 시간을 맞이한다. 그러므로 두 사람은 기둥에 가까이 다가갈 것이다. 그들은 그것에 한쪽 귀를 대 보고 있었다. 기둥 하나로 잇닿아 있다. 나란히 있다. 그러면 기둥은 들립니까. 울리고 있습니다. 울리는 것은 울리는 대로 지나간다. 흐르는 것은

흐르는 채로 사라진다. 서로 맞이하고 있었다. 우리의
귀는 기둥의 양쪽 귀가 되는 것 같습니다. 기둥이 우
리를 듣는다. 우리는 들리고 있다 서로 흐르고 있었
다. 우리는 흐르는 자세를 지닌다.

2월의 비

2월은 자주 슬픔을 어겼다. 비가 내렸고 그 비는 풍경을 지키고 있었다. 너는 지나가고 있었다, 그 비처럼. 그것을 보면서 겨울을 변명하기는 쉬웠다. 내게 이마는 눕기 좋다고 했다. 2월은 비를 받고 있었고 그 사이 너는 더 멀리 통과되고 있었다. 나무는 물을 흘리고 있었다. 규제가 헐렸고 그 틈으로 새가 날았다. 젖고 있다. 너는 계속 걷고 있었다. 2월의 빗속으로. 그러나 비는 효력이 없었다. 그 비가 2월을 어겼다. 네가 그 비를 어기듯이 걸어갔다. 너는 민담처럼 흩어져 갔다.

감은 눈으로

꿈으로부터 내쳐진다. 감은 눈으로, 일부러 눈 뜨지 않고 걸으면 나와 함께 내쳐진 논이 있고 논 위로 걷는 내가 만져진다. 보이지 않는 눈앞에서 그러나 내가 만진 것들은 다 사라지고 사라진 것들은 내 손을 멈추게 하고 손은 어둠에 익숙해진다. 걷고 난 후의 일들은 다른 곳에서 벌어지고 있다. 짚이 타고 있다. 눈 뜨면 꿈과 함께 내쳐졌다.

찢는 증오

장은정(문학평론가)

경악

잠든 이와 죽은 자는 어째서 이토록 닮아 있는가. 죽은 것처럼 잠들어 있거나, 잠든 것처럼 죽어 있다. 잠든 것이라 여겼으나 죽어 있었다는 사실을 뒤늦게 알아채는 순간을 상상해 보자. 누군가 곁에서 곤히 잠들어 있는 일상은 평화로웠을 것이다. 아마 당신은 잠든 이를 배려하여 최대한 소리를 낮춰 일상적인 일들을 지속했을지 모른다. 그러다 문득 무언가 이상하다는 선연한 예감은 어디서 오는가. 잠든 자에게 아무런 뒤척임이 없다는 것, 너무 오랫동안 꼼짝없이 움직이지 않는다는 것. 눈에 띄는 움직임 때문이 아니라 오히려 아무 동요도 없는 완벽한 고정성이 보는 자를 사로잡는다. 그제야 의구심을 품고 유심히 바라보다 보면 알게 된다. 더 이상 오르내리는 숨이 없다는 것을. 조심스레 손을 뻗어 만지고 말았다면 소름끼치게 감각될 것이다. 잠들어 있다고 생각할 때는 '존재'였던 것이, 죽었다는 것을 알게 되자 '그것'이 된다.

  레지스 드브레가 죽음을 대하는 태도에서 인간의 특수성을 발견하며 든 예시를 참조할 만하다. 침팬지 어미는 새끼가 죽었다는 것을 알게 되면 마치 물건처럼 새끼를 내버려 두지만 인간은 그럴 수 없다. 잠든 것이 아니라 죽은 것이었다는 인식은 단순한 사실 판단에서 그치지 않고 반드시 우리를 전율하게 만든다. 그에 대해 드브레는 이렇게 쓰고 있다. "무(無) 자체, 즉 '뭔지 모를, 어떤 이름으로도 부를 수 없는 그 무엇'을 본다. 당장 대책이 시급한, 얼을 빼는 정신적인 상처다."* 그런데 시신을 보거나 만진 자에게나 가능한 경험이 시를 읽는 일에서 발견된다면 이를 어떻게 받아들여야 할까? 시를 읽는 일이 우리를 제약하는 한계들을 걷어 내어 자유의 영역으로 이끌어 준다고 믿어 온 자들이 있다면 그들이 시를 사랑의 관계 속에서 파악하고 있기 때문일 것이다. 그러나 안태운의 시를 읽는 동안 그러한 기대와 믿음은 전율과 함께 순식간에 증발해 버릴 것이다.

  시집 제목『감은 눈이 내 얼굴을』을 천천히 곱씹어 읽어

---

* 레지스 드브레, 정진국 옮김,『이미지의 삶과 죽음』(글항아리, 2011), 36쪽.

보자. 부드러운 어감으로 된 글자들이기에 소리 내어 읽는
다면 노랫말처럼 다정하게 들릴지 모르지만 반복해서 읽을
수록 무언가 잘못되었다는 느낌에 사로잡힌다. 얼굴은 전체
이고 눈은 그 전체에 포함되어 있는 부분이다. 그런데 "감
은 눈이 내 얼굴을"이라는 표현에서 눈은 단순히 전체의 일
부로서 존재하는 것이 아니라, 그 자신이 얼굴을 주도하는
중심이 되어 얼굴을 서서히 잠식해 나가다 전체를 뒤덮을
것만 같다. 이는 얼굴을 삼키는 눈이 아닌가? 눈과 얼굴 사
이에 성립하는 근본적인 구조를 전도시키면서 강렬히 자신
의 존재감을 과시하는 이런 시 앞에서 매혹과 두려움을 동
시에 느낀다. 여기엔 극도로 절제되었기 때문에 오히려 더
이목을 끄는, 단지 조용한 것이 아니라 텅 비어 있어 압도
적으로 끔찍한 무엇이 있다. 이를 뭐라 불러야 할까?

　　그는 안에 있고 안이 좋고 그러나 안으로 빛이 들면 안개가
　새 나간다는 심상이 생겨나고 그러니 밖으로 나가자 비는 내
　리고
　　비는 믿음이 가고 모든 맥락을 끊고 있어서 좋다고 그는 되
　뇌고 있다 그러면서 걸어가므로
　　젖은 얼굴이 보이고 젖은 눈이 보이고 비가 오면 사람들은
　눈부터 젖어 든다고 그는 말하게 되고 그러자 그건 아무 말도
　아닌 것 같아서 계속 드나들게 된다
　　얼굴의 물 안으로

얼굴의 물 밖으로
비는 계속 내리고 물은 차오르고 얼굴은 씻겨 나가 이제 보
이지 않고

　　　　　　　　　　　—「얼굴의 물」

빛과 안개가 있는 '안'과 비가 내리는 '밖'으로 구분된
주요한 구조가 이 시를 떠받친다. 중요한 것은 시에 등장하
는 그가 어디에 있든 간에 자신과 장소 사이에서 반드시
어떤 결렬을 찾아낸다는 점이다. 빛이 들고 안개가 새 나
가는 '안'에서 그는 비가 내리는 '밖'을 향해 움직여야 한다
고 느끼며, 밖에서 흠뻑 비에 젖고 나면 안에서 보이던 것
과는 다른 것을 경험했음을 뒤늦게 깨닫는다. 어디에 있든
'여기가 아니다'라는 인식 속에서 드나들 뿐인 인간이란 대
체 무엇인가. 마지막 대목이 결정적이다. "얼굴의 물 안으
로/ 얼굴의 물 밖으로/ 비는 계속 내리고 물은 차오르고
얼굴은 씻겨 나가 이제 보이지 않고". 우리는 흔히 한 명의
인간을 내부로, 세계를 외부로 이해하기 쉽지만 밖에서만
내리는 줄 알았던 비는 인용한 대목에 이르러 얼굴의 안과
밖을 가리지 않고 모든 곳에서 내린다. 얼굴은 내부와 외
부 사이에 존재하는 경계의 표식이 아니며 그 구분이 상투
적인 이해에 불과했음을 보여 줄 뿐이다.
　그런데 무언가 이상한 것이 있다. 어째서 '얼굴의 안으
로/ 얼굴의 밖으로'가 아니라 "얼굴의 물 안으로/ 얼굴의

물 밖으로"인가? 얼굴로 차오르는 것을 무심코 빗물로 오해하도록 일부러 겹쳐 놓은 것처럼 보이는 저 구절은 "얼굴의 물"이 빗물과는 별개의 것임을 분명히 한다. 얼굴의 물은 빗물과 상관없이 우선적으로 존재하기 때문이다. 그렇다면 '얼굴의 물'이란 대체 무엇인가? 얼굴은 인간의 내적 진실을 다양하게 환기하는 표정의 구조에 해당한다. 그 때문에 '얼굴'이라고만 썼다면 이 시에서의 얼굴을 비어 있는 용기(容器)로서 이해할 수 있었을 것이다. 구조라는 단어에는 삶의 실감을 투명하게 지워 버리는 추상적 속성이 있기 때문이다. 그러나 '얼굴의 물'이라는 표현은 더 이상 얼굴을 건조하고 투명한 틀에 불과한 구조로서만 받아들이기 어렵게 만든다. 여기에는 도저히 추상화되지 않는 것, 무언가 기분 나쁘게 끈적거리며 묻어나는 물기가 있다. 이런 물기 앞에서는 비명조차 지를 수 없다. 무언가 기분 나쁜 것, 끈적거리며 불쾌하게 자꾸만 엉겨 붙는 불결한 것. 비명이 아니라 경악이다.

눈동자

첫 시로 배치된 「얼굴의 물」의 '안'과 '밖'은 시에 대한 비유로 읽기에도 절묘하다. 개인의 내면의 진실을 결정화(結晶化)하는 것이 시라고 여기는 이들에게 시는 '안'에 있는 장르일 것이고, 오히려 그렇게 결정화된 내용을 현실에 의해 파기시킴으로써만 시적 진실이 가능하다고 믿는 자들에게 시는 '밖'에 있는 것일 테지만 이 시는 어느 쪽에도 머무르지 않는다. 시가 자신의 미학적 첨예함을 통해 세계를 변혁해 나가는 정치의 근본적 원리이기를 기대하는 자는 이렇게 질문할지도 모른다. 안과 밖을 계속 오가는 도중에 내면의 가능성과 현실의 한계를 동시에 사유하는 시가 가능할 수도 있지 않을까? 그러나 앞서 강조했듯「얼굴의 물」은 얼굴이 씻겨 나가 더 이상 보이지 않게 되는 것으로 종결된다. 즉 아무것도 사유할 것이 남지 않는 상태, 안과 밖이 '종합'되는 것이 아니라 '무화'되어 버리는 일이 벌어지는 것이다. 그러한 무화가 '비'라는 외부적 요소에 의해서가 아니라 이미 얼굴에 포함되어 있는 '얼굴의 물'에 의해 발생된다는 점에서 더욱 의미심장하다.

안태운의 시에서 반복적으로 '경악케 하는 것'을 경험하고 있노라면 할 포스터에 의해 해석된 초현실주의의 경이(le merveilleux) 개념을 떠올리게 된다. 앙드레 브르통은 경이의 아름다움을 찬양하면서 경이가 각 시대마다 그 모습을 달리하지만 한 시대에 걸쳐 인간의 감수성을 흔든다는 점에서 일종의 보편적 계시의 성격을 지닌다고 설명한 바 있다.* 그는 경이를 통해 현실의 삶(vie relle)에서 망각되어

* 앙드레 브르통, 황현산 옮김,『초현실주의 선언』(미메시스, 2012), 78쪽.

야 했던 진정한 삶(vraie vie)을 깨워 인간 정신을 해방시킬 수 있다고 믿었기에, 경이를 사랑과 관련시켰다. 그런데 할 포스터는 프로이트를 경유하여 초현실주의의 경이 개념에서 사랑이나 자유와는 정반대의 것, 오히려 죽음에 가까운 언캐니(the uncanny)를 찾아낸다. 이러한 시도 중에 초현실주의자들이 공표했던 것과 실제로 실천했던 것 사이, 그들이 부정하고 벗어나기 위해 갖은 노력을 해야 했던 트라우마로서의 예술이 드러난다. 트라우마는 외부와 내부가 구분되지 않는다. 외부에서 발생한 사건이 주체에게 미친 영향처럼 보이지만 그 사건이 주체의 내면적 구조와 맞물려야만 발생한다는 점에서 내재된 것이기도 하다. 안과 밖이 정확히 맞물리는 일이 주체의 근본적인 붕괴를 가져온다는 점에서, 안과 밖을 무화시키는 안태운의 시는 트라우마라는 개념을 통해 더욱 또렷해지는 바가 있다.

바라는 사람들 곁에서 네가 낳기로 하고 낳게 될 때까지 기다리고
나는 사람들 곁에 없었다 그림자를 사이에 두고서 그러나 낳을 수 있는 환경이 아니라며
낳기를 바라지 않는 사람도 있고 너는 낳기를 주저하고 있다
낳고 나면 동요가 필요하다고 동요를 할 수 있는 사람도 필요하리
얼굴을 들어 토로하지만 사람들은 노을을 바라보고 있다

노을은 스미고 노을은 서서히 변천하고 그러나 너도 그 광
경을 바라보고 있는가
　그런가 하면 사람들은 이내 그것을 그치고 너를 돌아보고
있다 수를 세면서
　너는 낳기로 하고 그러므로 여덟을 낳고 낳은 후 누워서 바
라고 있다 너는 내 얼굴을 찾고 있나 그러나 찾지 못했지 나
는 사람들이 되어 울고 있었지

── 「낳고」

　이 시에서 되풀이되고 있는 것은 사람들 속에 둘러싸
인 와중에 낳고 있는 누군가에 대한 이미지이다. 사실 이러
한 요약 역시 명료하지는 않은데, 누가 무엇을 낳고 있는지
주어와 목적어가 생략된 채로 낳는 행위만이 도드라져 있
기 때문이다. 여기까지 읽는다면 이 시의 핵심이 이러한 모
호성 자체에 있다고 결론 내리기 쉽지만 사실 그렇게 간단
하지는 않다. 모호한 와중에도 화자가 '나'라는 확연한 존
재감을 가지고 있기 때문이다. 가령 "나는 사람들 곁에 없
었다"와 같은 서술은 '나'가 단지 사람들 곁에만 있지 않을
뿐 어딘가에는 분명히 존재하고 있다는 암시를 준다. 이 짧
은 시는 낳기를 머뭇거리던 네가 마침내 결국 낳고 낳은
후에 이르기까지의 과정으로 구성되어 있는데, 낳은 너는
나를 두리번거리며 찾는데도 찾지 못하면서 마무리된다.
"너는 내 얼굴을 찾고 있나 그러나 찾지 못했지 나는 사람

들이 되어 울고 있었지".

　유일하게 자신의 위치를 노출하는 두 대목이 서로 대립된다. 한편에서는 "나는 사람들 곁에 없었"다고 진술하며, 다른 한편에서는 "사람들이 되어" 있다고 진술하는 것이다. 대체 '나'는 누구이며 어디에 있는가. 이 질문 속에서 시의 중심을 차지하고 있는 것처럼 보였던 낳는 자는 읽는 자와 묘하게 겹쳐진다. 낳은 후 두리번거리며 '나'를 찾는 너와 마찬가지로, 읽는 자 역시 시를 다시 반복해 읽으면서 '나'를 찾으려 하게 되기 때문이다. 그런데 바로 이때, 어딘가 감춰진 암시가 있거나 미처 고려하지 못한 간극이 있는지 꼼꼼히 따지며 다시 읽는 동안, 어딘가에서 우리를 물끄러미 쳐다보고 있는 것만 같은 '나'의 시선이 느껴지지 않는가? 바로 여기에 이 시의 핵심이 있다. 어디에 있는지 불확실하게 처리되어 있던 '나'가 오히려 또렷한 시선이 되어 읽는 자를 사방에서 빤히 들여다보는 것이다. 이때 시는 더 이상 내부가 아니라 우리를 사방에서 둘러싸는 배경이자 외부가 된다. 시의 바깥에서 시를 읽던 우리는 순식간에 읽히는 대상이 되어 버린다.

　"감은 눈이 내 얼굴을"이라는 표현이 눈과 얼굴 사이에 성립하는 근본적인 구도를 전도시키며 시적인 것을 발견했던 것처럼, 「낳고」 역시 시와 읽는 자 사이의 관계 구조 자체를 전도시키면서 어떤 충격을 자아낸다. 여기엔 시를 대상화시킬 수 없게 만드는 것, 근본적으로 읽는 자를 분열시키는 것이 작용한다. 무언가 지워진 것이 있다. 그런데 지워진 그 무언가가 단지 흐릿한 것에 그치지 않고 오히려 그 모호함 때문에 이목을 집중시킨다면 오히려 이러한 지워진 것은 도저히 무시할 수 없는 중심점을 만들어 버린다. 누군가가 나를 울면서 바라보고 있다는 것, 그러나 그 누군가가 어디에 있는지는 알 수 없다는 것. 이 시선 때문에 읽는 자는 더 이상 시를 꿈이 상연되는 무대로 간주할 수 없다. 시는 오히려 사방에서 읽는 자를 둘러싸며 대상으로 얼어붙게 만들어 버리는, 곳곳이 찢어져 잘 보이지 않아 더욱 불길한 배경에 가깝다.

　이때의 경악은 친근하며 이미 잘 알고 있다고 여겨 왔던 것에서 이질적이고 낯선 것을 만났을 때의 감정을 나타내는 두려운 낯섦(unheimlich), 즉 언캐니한 것을 느끼게 만든다. 그런데 시를 직조하는 근본 원리로서 언캐니가 작동할 때, 우리는 이 시를 어떻게 받아들여야 하는가? 단순히 시 속의 등장인물이나 화자가 분열되는 모습을 보여 주는 것에 그치지 않고 최종적으로 읽는 자마저도 분열시키는 이 전면적인 경악 앞에서 자유와 혁명의 계기로서의 시에 대한 모든 기대는 파기된다. 불과 얼마 전까지만 해도 시와 정치 담론을 통과하며 우리 역시 브르통과 마찬가지로 문학을 통한 사랑과 해방, 혁명을 꿈꾸었다. 할 포스터가 초현실주의에게서 그들이 원했던 것과 정반대의 것을 찾아내는 것과 마찬가지로, 안태운의 시를 읽고 있노라면 문학에 대한 우리의 기대가 매우 순진한 것이 아니었는지 의구심을 버리기 어렵다. 자유가 아니라 예속이다. 눈꺼풀을 오려냈기에 도저히 감을 수 없어 충혈된 눈동자 하나가 당신을 지켜보고 있다.

함몰

이 눈동자는 우리에게 무엇을 말해 주는가? 이 글을 열며 잠든 줄 알았던 존재가 사실은 죽어 있었다는 것을 알게 된 자의 충격에 대해 썼다. 조금 더 상세히 짚어 보자. 인간은 왜 일상의 질서 속에서 편안하게 시신을 인식할 수 없는 것일까? 우리는 '그것'(시신)에게서 도대체 무엇을 보기에, 아무런 활동 없이 단지 놓여 있을 따름인데 눈 멀어 버리는 것일까? 어쩌면 이 전율은 인식의 대상이 없다는 것 자체에 기인하는 것은 아닐까? 우리의 일상이 언제나 행위와 인식이라는 두 겹으로 이루어진 것과 대조적으로 잠과 죽음은 오로지 겪는 것, 행위만이 허용된다. 잠들거나 죽음을 맞이할 때, 우리의 바깥에 존재한다고 상정되는 외부적 현실은 경험 속에서 잠시 사라져 버리는 것이다. 그런데 시신을 직접 목격하거나 만지는 사건에서는 정확히 반대의 일이 일어난다. 거기엔 봐야 할 것이 없다. 즉 시신을 보고 있는 우리 자신이 속한 외부의 층위만 존재할 뿐, 그로부터 구분되는 내부라는 것은 존재하지 않는다. 내밀하게 숨겨진 것이 아무것도 없다는 것, 모든 것이 드러나 있다는 것이 충격의 핵심이다.

안태운의 시에서 경험하는 충격의 원리는 이것과 꼭 일치한다. 시의 바깥에서 시를 들여다보고 있던 우리가 어느 순간 거꾸로 시에 의해 사방으로 포위된 채 순간 대상으로 딱딱하게 굳어 버리는 경험의 핵심은, 현실의 삶에 대한 믿음과 마찬가지로 내면적 현실에 대한 믿음 역시 환각에 불과했음을 깨닫는 것에 있다. 어쩌면 우리는 너무 오래도록 현실의 삶과 대비되는 문학의 진정한 삶을 믿어 왔던 것은 아닐까? 진정한 삶 역시 현실의 삶과 마찬가지로 기만이며 환각인 것은 아닐까? 브르통의 『초현실주의 선언』(1924)을 여는 첫 문장을 기억하는가. "현실의 삶에 대한 믿음이 계속되다 보면, 결국에는 이 믿음이 망가지기 마련이다."* 이제 이 문장을 이렇게 바꿔 써야 한다. 진정한 삶에 대한 믿음이 계속되다 보면, 결국에는 이 믿음이 망가지기 마련이다.

그들은 크고 오래된 토우를 바라보고 있다. 그리고 그 뒤로 더 많은 사람들은 그들을 번갈아 본다. 보고 있다. 그것은 한때의 일처럼 느껴지기도 한다. 먼지가 일고 있고 그 둘은 서로 주장한다. 토우를 자신이 빚었다고. 그것은 자신의 것이라고

* 위의 책, 61쪽.

피력하면서 그들은 서 있다. 말하고 있다. 토우에 얽힌 일화에 대하여. 그럴 때 그는 물에 대하여 말한다. 들은 적 없는 지명을 언급한다. 그곳에서 어떻게 물이 살 수 있었는지. 그것을 발견하게 된 계기와 물의 빛깔에 대해서. 그 물로 어떻게 반죽을 했는지. 그리고 그가 섞어 넣었던 체액에 대해서 이야기한다. 또 다른 그는 새에 대하여 말하고 있었다. 그가 애지중지 기르던 희귀한 새에 대해서. 그것이 어떻게 날아왔는지. 새의 특이한 습성에 대해서. 그리고 얼마나 아꼈는지. 결국엔 불태울 수밖에 없었던 이유를 그는 설명하고 그는 흐느낀다. 그는 불타는 새의 연기를 토우에 먹였다고 한다. 그는 잠시 홀렸었다고 한다. 연기가 차가웠다고. 새가 내지르던 소리를 환청으로 듣는다고 한다. 그는 한다. 한다. 그들은 서로 하고 있었다. 한때를 겨냥하고 있었다. 사람들은 늘어나 주변을 메우고 있다. 그들은 격해진다. 서로를 사이에 두고 몸을 움직인다. 먼지가 일고 있다. 사람들은 무감하고 주장은 계속된 채로 있다. 그러자 누가 먼저랄 것도 없이 토우에 몸을 꽂는다. 꽂고 있다. 꽂지 마. 꽂는다. 손가락부터 전신으로. 단단한 곳에서 무른 곳까지. 그들은 엉겨 붙는다. 붙고 있습니다. 사람들은 울거나 웃고 있다. 사람들은 사라지고 있다.

—「토우」

시의 중심에 크고 오래된 토우 하나가 놓여 있고 두 사람이 그 토우를 바라보며 이것을 서로 자신이 빚었다고 주장하며 싸운다. 그들은 자신이 토우의 주인임을 증명하기 위해 그것을 빚었던 과정에 대해 피력하는데, 그 과정 역시 불길하다. 한 사람은 토우를 빚는 동안 "체액"을 섞어 넣었고 또 다른 사람은 그가 애지중지 기르던 희귀한 새를 불태워 나온 연기를 토우에 먹였다고 설명하며 흐느낀다. 이 인물들이 자신의 행위를 서술하는 모습을 보면 이들이 광기에 사로잡혀 있음을 쉽게 추측할 수 있지만 이 시의 경악은 광기가 아니라 살아 있었던 것들이 사물과 뒤섞인다는 점에서 발생하는 듯하다. 이 뒤섞임은 살아 있는 사람들이 "손가락부터 전신으로" 토우에 자신의 몸을 꽂아 넣으며 엉겨 붙는 것으로 확장된다. 토우는 기본적으로 인간을 '흉내' 내는 사물이지만 이 시에서는 오히려 인간들이 앞다투어 토우가 되려 한다.

광기에 사로잡힌 인물들이 토우 속에 자신의 몸을 밀어 넣는 신체 훼손 이미지의 그로테스크함 역시 중요한 요소이지만 사실 이 시의 핵심은 다른 데 있다. 이 끔찍한 사건을 서술하는 시의 목소리가 그것이다. 안태운의 시에서 시적 정황을 전하는 화자의 목소리는 항상 사건과 일정한 거리를 유지한다. 통상적으로 화자가 사건과 일정한 거리를 두면 사건 자체의 충격은 완화되기 마련인데, 이상하게도 안태운 시에서는 정반대의 효과를 낳는다. 어째서일까? 레지스 드브레의 예시를 다시 가져 오자. 이미 썼듯 인간과 다르게 어미 침팬지는 새끼가 죽으면 그 시체를 물건처럼 옆에 내버려 두고 자신의 생활을 이어 간다. 그런데 이 시의 화자야말로 침팬지가 그러하듯 자신 앞에서 일어나는 모든 일들을 마치 사물처럼 대하지 않는가? 결코 독자를 앞질러 먼저 놀라거나 반응하지 않는다. 화내지도, 놀라지도, 슬퍼하지도 않는다. 이것은⋯⋯ 시체의 반응이 아닌가?

인간은 왜 눈 뜨고 죽은 자의 얼굴 위로 굳이 손바닥을 쓸어 그 눈을 감겨 주는가? 죽은 자를 잠든 자처럼 보기 위해서가 아닌가? 죽었기 때문에 그 시신이 더 이상 아무것도 보지 않으며 볼 수 없다는 것을 우리의 이성은 충분히 납득하고 있다. 그럼에도 눈을 뜬 시체를 지켜보고 있노라면 이상하게도 이 시체가 무언가를 보고 있는 것 같은 느낌을 떨치기가 어렵다. 어쩌면 우리는 죽은 자가 무엇을 보는지 알고 싶어 하는 동시에 알고 싶지 않아 하지 않는 것이 아닐까? 그것이 인간을 근본적으로 분열시키기 때문에, 이미 아무것도 보지 못하는 눈을 다시 감겨 주는 것이 아닐까? 우리는 2000년대의 시에서 시공간의 제약 없이 떠도는 유령 혹은 귀신의 자유로운 속삭임을 이미 경험한 바 있다. 안태운 시의 목소리는 시신의 시선으로서 그것의 완전한 대척점에 선다. 유령이나 귀신이 몸으로부터 분리된 어떤 영혼을 전제하는 것과 대조적으로 시신은 물질성과 분리되는 영혼의 층위를 내부에서 완전히 함몰시켜 버린다. 그러나 결정적인 것은 오로지 물질뿐이라 외치는 단호한 유물론이 아니다. 물질에 불과한 시체가 근본 환상으로 기능하며 인간을 매혹하는 동시에 혐오하도록 만들어 분열시킨다는 점이 중요하다. 영혼의 대척점에 물질이 아니라 환상이 놓이는 것이다.

환영

시적 진실로서의 언어가 결코 삶에 미달되거나 초과하지 않으며 삶과 정확히 일치할 것이라 믿는다면, 언어 바깥의 객관적 세계를 전제할 뿐 아니라 그것의 일치에 의해 진실이 성립된다고 믿는다는 점에서 재현의 원리를 충실히 따른다. 그러나 지시 대상으로부터 자유로워지는 것, 언어 자신이 기원이 되는 세계를 만드는 것이 시가 구축해야 하는 최종적 진실이라 여긴다면 플라톤주의를 타파하는 것이 최종적 목표가 될 것이다. 2000년대 시에 대한 비평적 담론을 통과하면서 우리가 어떤 시들에게 보냈던 환호 역시 명백히 후자의 관점에서였다. '표면의 시'는 한낱 시뮬라크르에 머물고자 하면서 이데아와 코기토의 전제를 근본적으로 전복하고 있다고 평가되었다. 그러나 그때 우리는 시뮬라크르를 오로지 한쪽 면에서만 고찰했던 것은 아닐까?

할 포스터는 들뢰즈가 시뮬라크르를 악마적인 것으로, 즉 언캐니와 비슷한 내용으로 묘사하는 대목을 인용하면서 시뮬라크르와 환상의 유사성에 주목한다.* 시뮬라크르와 환상 모두 원본과 복제 사이의 구분을 모호하게 만든다는 것, 어느 것이 우선이고 나중인지를 구분하기 어렵다는 점에서 유사하다는 것이다. 초현실주의를 언캐니라는 개념을 통해 재조명하고자 한 진짜 의도가 여기에 있다. 초현실주의가 모더니즘의 내부에 위치해 있으면서도 모더니즘의 재현에 대한 억입을 환기시키며 언캐니하게 되돌아온다는 점에서 비판적 모더니즘이란 위치를 갖기 때문이다. 모더니즘의 원리를 구성하면서도 동시에 그 구성에 의해 희생되고 있음을 역설적으로 드러내듯, 안태운 시의 '경악케 하는 것'의 근본 환상이 한국시에 던지는 질문의 요체 역시 이것이다. 내부와 외부가 정확히 맞물릴 때 주체가 완성되는 대신 붕괴하고 마는 트라우마와 마찬가지로 안태운의 시는 자율성으로 세계를 변혁하려는 기획이 가진 모순을 가장 급진적으로 제기하고 있는 것이 아닐까?

그날은 고향에 있었다. 터미널에 앉아 있었고 그곳은 잠을 자는 곳으로 읽혔다. 나는 서서히 걸어간다, 어딘지 분실한 적이 있던 거리를. 그러나 이미 도착한 먼 동네에는 사루비아가 피어난다. 나비가 날아다닌다. 낯익은 사람들이 지나간다. 그

* 할 포스터, 전영백과 현대미술연구팀 옮김, 『욕망, 죽음 그리고 아름다움』(아트북스, 2005), 157, 158쪽.

곳은 고향이었고 장마철에는 급류가 쏟아져 내렸다. 나는 장을 보고 있었다. 손엔 자두가 들려 있고 그러나 내가 값을 치른 건 작은 개였다. 나는 그곳을 선연한 고향이라고 느끼고 있었는데 표지판에는 모르는 지명이 적혀 있었다. 나는 작은 개를 들고 엄마에게 간다. 그래도 엄마는 있을 것이고 다행히 나는 그곳에서 누운 엄마를 바라보고 있었다. 밖으로 눈물이 새어 나가고 있었다. 통화음이 울리다가 그쳤다. 꿈속에서 내가 죽었다는 걸 안 건 나뿐이었다. 다른 사람에게 알리지 못했다.

—「미열」

시를 여는 첫 문장, "그날은 고향에 있었다."라는 말은 일종의 환영에 가까울 것이다. 특정한 "그날"이자 특정한 "고향"을 지칭하는 것이 아니다. 꿈결처럼 아득한 어느 날 '나'는 고향에 도착해 있다. 어떻게 그곳에 갈 수 있었는지는 알 수 없다. 사루비아가 피어나고 나비가 날아다니며 낯익은 사람들이 지나가는 이 먼 동네는 퍽 평화로워 보인다. 그러나 그것은 아슬아슬한 평화이다. 작은 개의 값을 치렀는데 손엔 자두가 들려 있는 일이 벌어지는, 금방이라도 균열을 일으키며 주저앉을 위기감들이 곳곳에 이미 위태롭게 번져있다. 그러나 '나'는 그 균열에 집중하지 않는다. 읽는 자마저 분열케 만들던 '경악케 하던 것'이 이 시에는 없다. 그것이 이 시를 환상이 아니라 상상적 환영으로 만든다. 왜 예외적으로 환영일까? 엄마를 만나기 위해서이다. "그래도 엄마는 있을 것이고 다행히 나는 그곳에서 누운 엄마를 바라보고 있었다." 이 구절을 읽고 있노라면 이 시집에서 드물게, 시의 바깥이 잠시 생겨난다. 아마 '나'는 엄마를 잃은 지 오래 되었을 것이다. 그래서 그날의 고향으로 돌아가야만 했을 것이다. 울고 있었다는 말 대신 "밖으로 눈물이 새어 나가고 있었다."는 말의 조심스러움 역시 이 환영을 깨지 않고 유지하려는 자의 안간힘처럼 읽힌다.

그렇게 잠시, 엄마를 바라보는 일을 조금 더 지속한다. 그러나 이 시의 핵심은 누워 있는 엄마를 바라볼 수만 있을 뿐, 결코 만나지는 못한다는 점에 있다. 왜냐하면 엄마를 만나러 간 '나'가 이미 죽은 자이기 때문이다.("꿈속에서 내가 죽었다는 걸 안 건 나뿐이었다.") 시 속에서 우리는 잃어버린 무엇이든 되찾을 수 있고 현실에서 이루지 못했던 것들을 대신 경험해 볼 수 있지만 그것은 궁극적으로 환영이라는 점에서 제약된 기쁨이다. 앞서 읽었던 「낳고」의 울면서 우리를 바라보던 시선을 기억하는가? 그 시선이 우리를 매우 공포스럽게 하는 것과 별개로 그것이 어째서 반드시 울고 있는 자의 시선이어야만 했는지를 이제야 이해할 수 있게 된다. 꿈속에 '갇힌' 자였기 때문이다. 끔찍한 근본 환상들을 시의 기원으로 삼을 때, 인간이란 오로지 분열에 예속된 자동 기계에 불과하지 않겠는가? 이 시를 반복해서 읽으면 있는지 없는지도 모르는 영혼이 망가지는 것처럼 슬퍼지고 마는 것은 인간의 한계에 대한 이 대담한 직시 때문이리라.

이 슬픔을 이해한 후에야, 간결한 한 문장을 읽을 준비가 되었다. "뒷모습과/ 뒤를 돌아보는 모습/ 사이에서/ 걷고 있었다". 한 빈 행갈이가 될 때마다 한 걸음씩 걸어 들어가는 듯한 이 짧은 자서(自序)는 그 자체로 이 시집의 명료한 요약으로 읽힌다. 사실 뒷모습과 뒤를 돌아보는 모습 사이의 시간은 실제 삶에서는 거의 인식되지 않는다. 그것은 '찰나'라는 말로도 포착되기 어려울 만큼 무심결에 놓쳐버리는 시간인 것이다. 실제 삶에서 놓친 것을 시의 언어로 그 순간을 저토록 섬세하게 집어 낼 때, 그것은 시를 통해서만 얻게 되는 두 번째 삶일 수도 있다. 그런데 "걷고 있었다" 라는 서술어에 담긴 시간은 무엇인가. 아무리 걷고 걸어도 결국은 그 뒷모습에 닿지 못할 것처럼 무한하게 느껴지지 않는가? 결코 좁혀지지 않는 거리는 두 번째의 삶이 무엇이든 그것이 환영에 불과함을 명확히 하는 듯하다.

증오

꿈이 오랜 시간 문학적 장소의 비유로 받아들여졌던 것은 외부적 현실과 구분되면서도 영향을 미칠 수 있는 자율적 영역이라 여겨졌기 때문이다. 현실을 조직하는 강제적 원리들은 꿈속에서 무용해졌고 잠시나마 시적 주체는 그 자신의 욕망으로서 세계를 새롭게 구성한다 믿었다. 비평은 그것이 단순한 환각이 아니라 엄연한 객관적 현실이라 자주 옹호해 왔다. 그러나 그동안 우리는 현실로 도피하지 않고서는 살아남을 수 없는 꿈, 소원 성취라는 원리로는 설명되지 않는 반복적 강박의 꿈을 제외하고 논의해 왔던 것이 아닐까? 그렇지만 트라우마의 원리를 충실히 따르는 이 시들 앞에서 읽는 자들 역시 양가감정에 휩싸이지 않을 수 없다. 안태운의 시를 읽으며 이 매혹적인 독창성에 어떻게 상처받지 않을 수 있겠는가? 상처받는 일에서 거부감이 아니라 매혹을 느끼는 이 경험은 위험하지 않은가? 「얼굴의 물」에서 안과 밖을 오가던 '그'처럼, 시를 읽는 우리 역시 분열과 환영 속을 오가는 일을 반복하다가 끝내 점차 지워져 버리는 것이 전부인 걸까? 인간을 근본적으로 구획하는 분열을 부인하지 않고 정면으로 받아들이면서도 분열 '이후'의 시간을 발생시키는 시적 사유는 불가능한 것일까?

꿈으로부터 내쳐진다. 감은 눈으로, 일부러 눈 뜨지 않고 걸으면 나와 함께 내쳐진 논이 있고 논 위로 걷는 내가 만져진다. 보이지 않는 눈앞에서 그러나 내가 만진 것들은 다 사라지고 사라진 것들은 내 손을 멈추게 하고 손은 어둠에 익숙해진다. 걷고 난 후의 일들은 다른 곳에서 벌어지고 있다. 짚이 타고 있다. 눈 뜨면 꿈과 함께 내쳐졌다.

　　　　　　　　　　　　　　　　　　　　—「감은 눈으로」

꿈과 잠 사이에 이 시가 있다. 꿈으로부터 내쳐졌으나 여전히 눈을 감고 있어 남은 잔상들로 꿈의 세계를 더듬어 본다. 꿈속에 함께 있었으나 이제는 화자와 함께 내쳐진 논, 논 위로 걷는 자신의 모습도 그려 본다. 그러나 그것은 "보이지 않는 눈앞"에서 벌어지는 일이다. 눈을 감고 있기 때문에 그려지는 안간힘이며 동시에 이것이 그저 환영에 불과함을 알고 있기 때문에 그려 낼 수 있는 이미지들이다. 오로지 현실에 있는 것만이 진실된 것이라 믿는 자들에게 이 환영은 거짓일 테지만, 이 환영은 거짓인 줄 알기 때문에 그것을 잠시 지속할 수 있다는 점에서 기묘하다. 화자는 거짓인 줄 알면서도 끝내 손을 뻗어 결국 다 사라지게 해 버린 후 어둠에 혼자 남겨진 채 슬픔에 잠겨 있다. 그렇게 "손은 어둠에 익숙해진다." 그런데 돌연 다른 일들이 벌어진다. "걷고 난 후의 일들은 다른 곳에서 벌어지고 있다. 짚이 타고 있다." 여기서 놀라게 되는 것은 "걷고 난 후"라는 이후의 시간과 "다른 곳"이라는 바깥의 장소이다. 이 시집 전체를 통틀어 결코 불가능한 것으로 여겨져 온 시공간이 아닌가?

이를 어떻게 받아들여야 할까? 안과 밖이 무화되지 않고 생성되는 미지를 남겨 둔 것이라고? 아니, 그렇게 쓸 수는 없다. 라캉은 무엇이 꿈을 형성하는가를 묻는 대신 주체를 꿈에서 깨어나지 않을 수 없게 만드는 꿈속의 현실을 분석함으로써 트라우마를 '실재와의 만남'으로 규정한다.

그 만남은 오로지 비껴가고 어긋나는 것, 즉 깨어남이라는 방식으로만 경험되는데 흥미롭게도 라캉은 이 깨어남을 두고 실재와의 만남을 급박하게 피해 달아남으로써 현실에서 잠을 이어 가는 것이라 본다. 꿈으로부터 현실로 깨어나는 것이 인간 정신의 관점에서는 더 깊은 잠에 빠지는 일에 불과한 것이다. 이때 외부적 현실은 기만이되 구원이다. 실재와의 만남이 비껴가는 방식으로 경험되지 않는다면 인간은 그야말로 광기에 통째로 함몰되어 버릴 것이기 때문이다. 그렇다면 「감은 눈으로」에 등장하는 "걷고 난 후"의 시간과 "다른 곳"은 꿈과 현실 중 어디에 위치한다고 봐야 할까?

　잠과 꿈 모두를 거절할 때에만 가능한 장소라고 하지 않을 수 없다. 이 시의 마지막 구절, "눈 뜨면 꿈과 함께 내쳐졌다."는 문장은 꿈에서 깨어나는 것을 '쫓겨남'으로 이해하기에 기어코 눈을 감고서 현실에 의한 잠에게 저항하는 자의 문장인 것이다. 그렇다면 "걷고 난 후의 일들은 다른 곳에서 벌어지고 있다."는 구절은 꿈의 잔상을 만져 버려 그마저 모두 상실한 자가 현실의 기만 역시 거절함으로써 어렵게 확보한 시의 자율적 영역이라 봐야 할까? 아니, 역시 그렇게 쓸 수 없다. 오히려 이를 시의 증오라고 써야겠다. 인간이 분열에 의해 쪼개진 존재에 불과하며 시 역시 그 조건에 의해 제약되어야만 겨우 기만하지 않는 시적 진실일 수 있다면, 시는 이런 자신을 증오하는 방식으로만 분열 이후의 삶을 사유할 수 있는 것이 아닐까? 바타유가 "오로지 증오만이 진정한 시에 도달한다."* 라고 썼던 이유가 시가 모든 것에 저항하면서도 "시는, 결국, 시를 용인하고야"** 마는 역설에게까지 저항하기 위해서였듯이, 인간의 한계를 시의 원리로 직조하는 이 대담함이 그 자신에게까지 일관되도록 하기 위해 안태운의 시는 자신을 증오하는 것조차 서슴지 않는다. 이 증오는 우리의 감은 눈을 끝내 찢고 그동안 알면서도 모른 척해 왔던 것을 남김없이 보게 만든다. 이 잔혹한 예속조차 시의 자유일 것이다.

* 조르주 바타유, 성귀수 옮김, 『불가능』 (워크룸 프레스, 2014), 14쪽.
** 위의 책, 186쪽.

지은이　　안태운

1986년 전북 전주에서 태어났다.
한국외국어대학교 스페인어과를 졸업했으며
2014년《문예중앙》신인문학상으로 등단했다.
시집『감은 눈이 내 얼굴을』로
제35회 <김수영문학상>을 수상했다.

감은 눈이 내 얼굴을

1판 1쇄 펴냄 2016년 12월 19일
1판 6쇄 펴냄 2022년 12월 19일

지은이 안태운
발행인 박근섭, 박상준
펴낸곳 ㈜민음사

출판등록 1966. 5.19. (제16-490호)
서울특별시 강남구 도산대로1길 62(신사동)
강남출판문화센터 5층 (06027)
대표전화 02-515-2000 / 팩시밀리 02-515-2007
www.minumsa.com

ISBN 978-89-374-0848-9 04810
　　　978-89-374-0802-1 (세트)

• 이 시집은 2016년 한국예술창작아카데미 지원금을 받았습니다.
• 잘못 만들어진 책은 구입처에서 교환해 드립니다.

민음의 시
목록